PAUL BRANDA

Chapelle
TOUR DE FER
ET
Menhir

PARIS
LIBRAIRIE FISCHBACHER
Société Anonyme
33, RUE DE SEINE, 33

1890

CHAPELLE

TOUR DE FER

ET MENHIR

OUVRAGES DU MÊME AUTEUR

Réformes navales. *La France sur l'Océan. — Paris port de mer.* In-18 .... 1 »
La Mer universelle. — *La France sur l'Océan.* In-18 .... 1 »
Ça et là. — Cochinchine et Cambodge. — L'*âme Khmère.* — *Ang-Kor.* 1 vol. in-12 .... 3 50
Soleil d'automne. 1 vol. in-12 .... 3 50
Autour du monde. 1 vol. in-12 .... 3 50
Contre vent et marée. 1 vol. in-12 .... 3 50
Lettre d'un marin. — Calédonie. — Le Cap. — Sainte-Hélène. 1 vol. in-12 .... 3 50
Les trois Caps, journal de bord. 1 vol. in-12 .... 3 50
Le Haut-Mékong ou le Laos ouvert; avec une carte-autographe du Haut-Mékong, par C. de Fesigny. 2e éd. In-8 .... 2 »
Réflexions diverses, Ire série, 1 vol. in-18 .... 1 »
— IIe — .... 1 »
— IIIe — .... 1 »
— IVe — .... 1 »
— Ve — .... 1 »
— VIe — .... 1 »
— VIIe — .... 1 »
— VIIIe — .... 1 »
— IXe — .... 1 »
— Xe — ....
En mer. 1 vol. in-12 .... 1 »
Récits et Nouvelles. 1 vol. in-12 .... 1 »
Mers de l'Inde. 1 vol. in-12 .... 2 »
Mers de Chine. 1 vol. in-12 .... 2 50
Un jour a Monaco. 1 vol. in-18 .... 1 »
A Barcelone. 1 vol. in-18 .... 1 »
Pouvoir spirituel et pouvoir temporel. Brochure in-12 .... » 60
La Représentocratie. Brochure in-8 .... 1 »
De la République constitutionnelle. — Calhoun. — Etude sur le gouvernement des Etats-Unis. Brochure in-12 .... » 50
La République rurale. 1 vol. in-12 .... 1 50
République et Gouvernement en province. Brochure in-8 .... » 75
Liberté départementale. Brochure in-8 .... » 30
Commune et République. Brochure in-8 .... » 50
Communeux. Brochure in-8 .... » 40
Monarchie et République. Brochure in-12 .... » 50
L'Assemblée perpétuelle. Brochure in-12 .... » 40
Les Droits de l'homme. Brochure in-12 .... » 80
La Religion et l'instruction aux Etats-Unis. Brochure in-12 .... » 50
La Démocratie et la Liberté. Brochure .... » 50
La Colonne. Brochure. in-8 .... » 25

Typ. Paul Schmidt, 5, av. Verdier (Grand-Montrouge).

PAUL BRANDA

Chapelle TOUR DE FER et Menhir

PARIS
LIBRAIRIE FISCHBACHER
Société Anonyme
33, RUE DE SEINE, 33

1890

CHAPELLE

CHAPELLE

Aux premiers jours de septembre 1886, à sept heures du matin, sous l'éclatant soleil de la Provence, dans une voiture de place, elle, moi et son bébé, nous gravissions la montagne de Notre-Dame de la Garde.

Je lui avais dit la veille :

— Madame, je connais votre désir de faire le pèlerinage de Notre-Dame ; voulez-vous agréer mes services ? Je suis à votre disposition de tout cœur.

Elle avait accepté, sûre de trouver en moi un compagnon sympathique et discret.

La veille, elle s'était séparée de son mari parti pour la Cochinchine, d'où j'arrivais ; il allait prendre le commandement d'un navire dont le capitaine s'était noyé sur une barre dans une reconnaissance sur la côte du Binh-Thuan.

Tous deux nous avions nos peines : son mari la quittait pour passer deux longues années sous un climat meurtrier; moi, j'arrivais en France portant au cœur le deuil d'une affection fraîchement brisée par une fatalité terrible.

Nous descendons de voiture et nous montons le long et monumental escalier auquel aboutit le chemin carrossable.

Au pied de la basilique, pour la détourner de ses tristesses, je lui montrai Marseille étalant au bas de la montagne la mosaïque de ses innombrables toitures de tuiles rouges, — le vieux port avec sa forêt de mâts de navires à voiles, — le nouveau port au-dessus duquel flottait, dans l'air immobile, comme un voile de crêpe, le bas nuage de fumée des steamers, — l'étroite sortie, près du phare, franchie par son mari la veille, — le château d'If évoquant le souvenir de Monte-

Cristo, — Ratonneau et sa voisine, île et îlot de calcaire où des donjons de pierres jaunes se dressent comme des revenants du passé. Surchauffées par le violent soleil du Midi, de sèches et arides montagnes jaunes entourent Marseille d'un cadre d'or incandescent. La mer et le ciel se fondent dans ce même azur intense inconnu dans le Nord.

Ce paysage lapidaire d'immenses topazes enchâssées dans un saphir sans limite impressionne vivement sans charmer.

Plongés tous deux dans nos pensées, nous gardions le silence; au bout d'un instant, elle me quitta pour entendre la messe.

Absorbé par la contemplation de ce panorama splendide, je m'assis sur le rocher crayeux; bientôt je perdis conscience de ce grand spectacle, et peu à peu je tombai dans une vague rêverie.

Derrière moi Notre-Dame — la foi... à mes pieds, le positivisme moderne dans toute son âpre et implacable grandeur : un port immense, créé de toutes pièces, rempli des énormes masses flottantes des paquebots.

Le paquebot présente peut-être, sous la forme la plus saisissante, tous les progrès de notre espèce réunis en un tout. Il est la manifestation la plus tangible de cet effort continu de l'esprit, depuis les premières méditations des pasteurs de Chaldée devant le spectacle du ciel, jusqu'à la « Connaissance des temps », table des lois du firmament dressées par Kepler, Laplace, Leverrier... Il concentre en lui ces essais héroïques, reliés par une chaîne ininterrompue, de la pirogue au *Great Eastern,* de la pagaye à l'hélice Sauvage mue par la machine de Papin, appareil chaque jour perfectionné par toute une armée d'hommes de génie. Pour animer d'une vie intense ce monstre de fer plus fort que l'ouragan, il faut le concours de toutes les sciences : astronomie, physique, mécanique, métallurgie, hygiène, mais de toutes les sciences portées à leur apogée... Ce léviathan est la synthèse animée de toutes les connaissances et de tous les arts, de toutes les connaissances dont le compas et le sondeur Thomson sont les dernières merveilles, de tous les arts de luxe appelés à le décorer. Que de problèmes il a fallu résoudre pour arriver à la solution de ce problème d'un énoncé si simple : transporter par mer, d'un point à un autre du globe, un voyageur ou un colis !... Le paquebot est la plus étonnante création de notre époque si riche en créations étonnantes, parce qu'il est la combinaison singulièrement complexe de la plus grande variété de travaux.

Derrière moi le passé avec ses fanatismes, son ignorance, ses superstitions, ses férocités... mais aussi avec sa grandeur naïve, sa simplicité touchante, ses héroïsmes, ses caractères fortement trempés; — devant moi la science et l'industrie.

Je me sentais emporté par la puissance de ce courant moderne, tout en réfléchissant au peu de bonheur qu'il apporte à l'humanité.

—

Faisant un retour sur moi-même, je me rappelai mon enfance tout imprégnée de l'esprit aimant et doux de la grande légende chrétienne; à l'âge viril la science m'avait enivré, et maintenant — la vieillesse venue — je flottais tantôt épris de ce grand mouvement intellectuel de notre temps, tantôt captivé par la noble légende de la Croix... sentant, au déclin de la vie, combien la science inflexible et desséchante calme peu les angoisses du cœur, combien aussi les doctrines des Églises irritent la raison.

Tantôt je revoyais le grand Christ dolent et meurtri, aux pieds duquel j'ai versé tant de larmes consolantes, — tantôt tintait à mes oreilles la réconfortante et magnifique parole de Proudhon :

Après la constance de la vertu dans l'adversité, il n'est rien de si grand que la constance de la raison dans l'incertitude.

Puis la rêverie côtoyant l'hallucination, je me trouvai sous le ciel pur et calme des tropiques, à l'abri d'un toit de feuilles de palmier d'eau.

Couché sur des nattes, je respirais délicieusement l'air frais du soir.

A ma gauche, dans le grand bois, j'entendais le bramement des cerfs, le lourd pas de l'éléphant brisant devant lui les branchages; au loin, le rugissement du tigre grondait. Près de la paillotte, après avoir dételé les chars de notre escorte, des Siamois, groupés autour des feux de bivouac, surveillaient leurs attelages de bœufs trotteurs. Du zénith, le croissant de la lune versait sa calme lumière sur les ruines colossales d'Ang-Kor-Wat.

A mes pieds grimaçaient de gigantesques lions de pierre, gardiens de la chaussée colossale qui traverse l'immense fossé dont s'entoure le merveilleux monument, comme d'une ceinture protectrice.

La légende d'Ang-Kor-Wat me revint à la pensée :

Le transport clandestin par Indra de Divine Auréole, dans le céleste séjour, avait excité la colère des anges ; incommodés par la désagréable odeur d'un homme, ils réclamaient du maître du ciel l'expulsion de ce nauséabond importun.

Divine Auréole, au désespoir, ne pouvait se résoudre à quitter les cinq tours d'Indra, revêtues de pierreries enchâssées dans l'or, la musique des triples orchestres, ni surtout les chœurs de ces nymphes qui, belles, élancées, fraîches et souples, dansent chargées d'ornements, évoluent gracieuses, tantôt en groupes et tantôt isolées. Il pleurait à la pensée d'un éternel adieu au jardin Manda, où ces divines créatures lancent aux échos leurs notes joyeuses. Dans ce jardin croît l'arbre Parichal, aux fleurs rouges, sous lequel Indra, dans une existence antérieure, fit d'abondantes aumônes. Les nymphes ravies s'emparent en nageant des fleurs aquatiques pour les tresser en guirlandes. Drapées d'une fine écharpe, de célestes beautés s'avancent légères, cueillent les corymbes du blanc jasmin et les tissent en forme de kennareys, les belles femmes aux pattes d'oiseau.

De toutes parts retentissent les chants et les éclats de rire de ces folâtres. Superbe d'attitude, imposante comme leur reine, l'une d'elles conduit ses compagnes souriantes au bassin de plaisance où resplendissent les fleurs de lotus.

Divine Auréole, le cœur plein d'amour,

repousse l'idée du départ; les yeux remplis de larmes, il supplie Indra de ne le point chasser du céleste séjour.

Mais la foule des anges réclame avec insistance; la rébellion fermente parmi ces esprits obligés de se boucher le nez.

Alors Indra, pour consoler son fils, lui éleva ce monceau colossal de bijoux de pierre, dont la lune éclaire sous mes yeux les débris.

Puis je vis errer autour des pagodes dorées, inscrutées de mica, lançant au soleil les feux du diamant, les bonzes dont les robes jaunes tranchent sur le corps bronzé. Les gigantesques bouddhas dorés m'apparurent accroupis sur l'autel, les jambes croisées, absorbés dans une vague contemplation. Leur impassible visage exprime merveilleusement cet état de l'âme prise de l'avant-goût du nirvâna, isolée du monde extérieur, diluée dans l'infini. Je songeai à Çakia-Mouni, dont l'amour sans bornes, embrassant la nature entière, consola les hommes par la perspective de la diffusion dans le Grand Tout.

—

Le coup de sifflet d'un paquebot annonçant son départ, cri déchirant poussé par une poitrine de fer, me tira de ma rêverie et je pensai :

L'homme est né pour agir et non pour s'atrophier dans l'hébétement de l'extase ; — l'amour infini de Çakia-Mouni plane sur les pays des cruautés atroces ; — la doctrine du dédain transcendant n'a engendré que le despotisme et l'imbécillité.

Enfin, je songeai avec amertume à une autre grande religion éteinte, celle de nos aïeux : elle compte à peine aujourd'hui quelques adeptes dans le pays de Galles, dans la verte et triste Erin, et parmi de pauvres paysans du département de Saône-et-Loire.

Elle était l'antithèse du bouddhisme.

C'était l'exaltation de la personnalité humaine en face du Grand Tout, de la liberté devant le mécanisme de la nature. A l'immobilisme du monde extérieur elle opposait le progrès constant de l'homme vers la perfection absolue... progrès commencé sur la terre dans le cercle d'Abred (le cercle de la liberté), indéfiniment poursuivi dans les existences ultérieures du cercle de Gwynfyd (le cercle de la béatitude).

Le bouddhisme est la religion de la contemplation; le druidisme, la religion de l'activité. Le premier est la religion de la résignation; le second, la religion du combat, de la bravoure joyeuse, du mépris de la mort. Aussi, aux fils de la vieille Gaule, contrée par excellence de la foi dans l'homme considéré comme un être libre, actif et responsable, échut l'honneur de proclamer les Droits de l'homme, ce décalogue de la société moderne.

En Irlande, au pays de Galles, à travers

toutes les persécutions depuis la conquête romaine, des âmes d'élite, de grands cœurs ont conservé, malgré tous les périls, les dogmes de nos ancêtres. Là les successeurs des bardes veillent sur le dépôt sacré. En France, quelques charbonniers demi-sauvages, d'humbles manœuvres des champs ont seuls conservé la tradition druidique.

—

Un incident bizarre, dont ma mémoire garde l'ineffaçable empreinte, se représenta tout à coup à ma pensée comme un souvenir vivant.

C'était en 1871, l'année sombre; on avait conclu la paix, la France payait sa rançon par l'abandon des meilleurs de ses enfants. La loi de l'expiation, dit un proverbe cambodgien, gouverne le monde. Les fatalités dans l'ordre politique sont la conséquence naturelle de la lâcheté publique. Au coup d'État, pour ne point troubler sa digestion tranquille, un moment interrompue par le problème de 1848, le pays avait livré sa liberté ; maintenant il cédait un fragment de la patrie...

Inoccupé, en proie sans dérivatif aux réflexions les plus amères, je me décidai à chercher un refuge au sein de l'austère nature des environs de Portzpoder, où l'âpreté des côtes battues par les flots rageurs s'harmoniserait avec ma misanthropie.

Au moment où j'entrais dans l'unique et misérable auberge du bourg, en sortait un homme singulier de vêtement et d'allure, un étranger, sans doute. Sur le dos d'un habit noir râpé tombaient ses longs cheveux blancs, échappés d'un chapeau cylindrique à bords étroits, aux poils rebroussés, d'une hauteur démesurée, d'une couleur sans nom. Pour compléter l'accoutrement : cravate blanche, gilet blanc à la Robespierre largement épanoui, pantalon jaune enfoncé dans des bottes éculées ; quant au facies :

visage sanguin rasé, énormes favoris blancs en éventail lui cachant les épaules, grands yeux bleus perdus dans le vague. En dépit de toutes ces excentricités de costume et de tenue, sa démarche assurée, sa haute stature, sa contenance altière imposaient le respect. Il étonnait sans prêter au rire.

L'étranger régla ses comptes sans mot dire, prit le chemin de la côte et disparut.

Depuis je l'ai vainement cherché sans en trouver la trace.

Je demandai à la femme de l'auberge (une vieille connaissance) quel était cet étrange pèlerin.

Elle me répondit :

— A ce que j'ai compris, c'est un Saxon d'Irlande.

Pour la brave femme, un Irlandais est un Anglais, et tout Anglais est un Saxon. En effet, nos Bas-Bretons des côtes voient encore des Saxons dans nos voisins d'outre-Manche (ils les appellent *Saozon*), et les détestent comme tels... Ils ont la mémoire longue.

Elle ajouta :

— Il parle un drôle de breton; ça n'est ni le breton de Léon ni le breton des Kerns, pas même celui de Tréguier ou de Vannes; malgré ça, nous nous comprenions. Il est venu dans le pays visiter les dolmens et les menhirs des environs; ça doit être un païen, car il fait ses dévotions devant ces pierres comme devant Notre-Dame de Landunevès ou l'autel de Saint-Samson. Il allait souvent au menhir de Kergadiou, celui du haut de la côte, à bonne distance derrière le bourg.

Quand je venais à Portzpoder, la promenade à ce menhir était une de mes courses favorites; car j'ai toujours eu — et cela dès ma plus tendre enfance — pour ces vieilles pierres, une religieuse vénération.

Fort intrigué de ma rencontre à Portzpoder, je pris machinalement le chemin du menhir; quel ne fut pas mon étonnement de lire, au bas de la pierre levée, cette inscription assez fraîchement barbouillée au pinceau avec de l'encre :

L'UNION DES CELTES EST LE SALUT DU MONDE

Comme tous les monuments mégalithiques — en Bretagne du moins — le menhir de Kergadiou s'élève sur un point culminant d'où l'on embrasse un vaste horizon. Les prêtres de ces temps reculés élevaient les pierres sacrées dans des lieux arides, au milieu des bruyères rabougries. Leur répugnance pour les images taillées de main d'homme et les temples couverts les portait à rechercher les larges espaces, afin que le théâtre de l'adoration rappelât par son étendue la grandeur de celui à qui elle s'adressait.

Au-dessous de l'inscription, je ramassai, oublié, ou plutôt jeté à dessein, un étui de fer-blanc d'où je retirai un manuscrit de quelques feuilles, simple copie à la main, d'ailleurs sans commentaires, des *Mystères des Bardes*.

C'est notre seule donnée un peu précise sur la religion de la patrie gauloise.

Sans doute on ne peut faire remonter l'authenticité de ce document au delà du XIIe siècle, sans doute encore il a subi l'influence chrétienne; son importance n'en est pas moins réelle. On peut, en effet, démêler fort aisément dans les *Triades* la part du christianisme et la part des croyances antérieures. Comme l'a dit avec infiniment de raison Jean Reynaud : dans les *Mystères des Bardes*, il est rationnel d'attribuer au génie chrétien tout ce qui concorde avec les dogmes de l'Église ; en revanche, toutes les propositions contraires appartiennent manifestement au druidisme, surtout la doctrine si profondément originale de l'évolution des âmes.

Après avoir feuilleté le manuscrit, je redescendis du menhir, regardant, sans les voir, la mer et les rochers. Abîmé dans un océan de réflexions nouvelles, n'appartenant plus à notre monde, je m'avançais comme un somnambule. Le drame lugubre de 1870-1871 m'apparut comme l'aurore de la régénération de l'Occident. Cet effondrement devint pour moi le prodrome de la reconstitution des Gaules. C'était l'ensevelissement de la graine sous la terre, ensevelissement nécessaire pour faire surgir du germe la plante nouvelle, robuste et féconde. La renaissance de la Germanie appelle la renaissance des Gaules. La défaite d'Iéna fut le berceau du grand empire d'Allemagne ; le grand empire des Gaules naîtra de la défaite de Sedan. La France jouera dans la famille des Celtes le rôle de la Prusse dans la famille des Germains.

Et, depuis ce jour-là, le rêve de la confédération des Gaules m'obsède. . . . . .

. . . .

—

. . . .

Voilà comment, de corps, devant la basilique de Notre-Dame de la Garde, où mes regards flottaient sans rien voir du grand panorama de Marseille, j'errais en esprit autour du menhir de Portzpoder.

Le coup de sifflet strident du paquebot retentit encore... je tressaillis et revins à la réalité. Je me rappelai le but de ce pèlerinage et ma triste compagne, sans doute en pleurs devant l'autel. Secouant tous mes rêves, je gravis le dernier escalier de la chapelle. L'intérieur rutilant de la basilique s'accordait bien avec le goût des méridionaux. Entre le nord et le midi de la France, la différence de tempérament est aussi marquée qu'entre Stockholm et la Mecque. Quel contraste entre ces dorures étincelantes, ces arabesques coloriées et le sombre intérieur de granit fouillé en dentelle de nos églises de Bretagne! Combien s'harmonisent l'homme et les objets qui l'entourent — harmonie produite par une réaction mutuelle; car si le milieu fait l'homme, l'homme fait le milieu.

De larges ouvertures, pratiquées au-dessus du chœur dans une coupole invisible de la majeure partie de la chapelle, inondent de lumière l'autel et la haute statue de Notre-Dame avec l'enfant Jésus.

Ma compagne de route, à genoux, le visage entre les mains, disparaissait sous son chapeau de paille ; le tressautement de ses épaules décelait ses sanglots.

Près d'elle, Bébé, de ses grands yeux étonnés, regardait l'autre bébé sur les bras de la grande dame lumineuse.

Le mouvement saccadé des épaules cessa, les brusques contractions de la poitrine s'arrêtèrent; lentement, la consolation descendait en cette âme.

Oui, c'est vrai, Notre-Dame est un mythe, mais la douleur est une réalité... et si le mythe console, il devient réalité, réalité vivante...

Je la laissai pleurer encore, car les larmes

accompagnées de prières calment souverainement la douleur. Descendant l'escalier, sous la chapelle, je pénétrai dans la crypte ténébreuse où les cierges des fidèles éclairent de rouges lueurs un grand Christ saignant en bois peint.

—

Le crucifix ne me laisse jamais indifférent.

Quand je vois Jésus expirant, la tête affaissée sur l'épaule, il me semble accablé d'une douleur plus aiguë que celle de la couronne d'épines, brisé par une torture plus atroce que celle des verges et du crucifiement : l'anxiété du sacrifice.

La mort volontaire au profit d'une idée, quand on ne doute pas du triomphe, enivre de joies supérieures à l'amertume de la mort ; mais le doute, dans le sacrifice, là est le tourment.

Qui sait si, expirant sur le bois, il n'a

pas eu le pressentiment de son étrange métamorphose?

S'être fait clouer, entre deux bandits, sur le gibet des esclaves, pour donner un Dieu aux humbles et aux petits, et devenir le protégé de tous les orgueils, de toutes les cupidités...

Se déclarer l'implacable ennemi des pharisiens, pour recevoir l'encens des hypocrites...

Combler de la plus tendre amitié la touchante pécheresse, pour être transformé en fétiche de pierre par les dévotes au cœur trempé de fiel...

Mourir pour régner à tout jamais par l'amour, et faire couler des torrents de sang...

Pour toute foi, proclamer une confiance sans bornes dans l'infinie bonté du Père, pour tout culte l'amour du prochain... et engendrer la scolastique...

Porter dans son cœur la religion de l'idéal sans formules et sans prêtres, pour en pressentir l'étouffement sous les plus niaises pratiques...

Voilà le martyre.

— Pauvre Dieu, m'écriai-je en moi-même, après avoir pâti sur la terre, tu gémis dans le ciel de voir consolider en ton nom l'édifice d'iniquités que tu as voulu renverser.

—

Soudain, les paupières du Christ s'entr'ouvrirent et laissèrent tomber sur moi un regard tout imprégné de pitié.

Alors une vieille femme s'avança en cornette blanche, robe de bure, un châle de coton imprimé sur les épaules ; des cheveux blancs bien lisses encadraient sa bonne figure jaune et ridée. C'était la pauvreté digne, ce qu'il y a de plus noble au monde. Elle s'agenouilla, saisit les pieds sanglants du crucifié avec une ferveur passionnée et les couvrit de baisers.

Les yeux du Christ brillèrent en ce moment de l'éclair du triomphe, et son regard me dit :

— Tu vois, je suis vivant, puisque l'on m'aime... Depuis mille huit cents ans je vis... je vis, car je console.

Et des cendres de mon âme éteinte, je sentis jaillir un rayon de la ferveur de mon enfance, quand je priais devant le Consolateur.

A mon tour, j'éprouvai le besoin de poser mes lèvres sur ces pieds transpercés, baisés par la bonne vieille; je me courbai...

—

En ce moment, le sacristain, une bougie à la main, me tira par la manche et me dit d'un ton nasillard :

— Monsieur a derrière lui une admirable statue de Pie IX en marbre blanc; j'appelle toute l'attention de monsieur sur les broderies du surplis...

Ah! sacristains! brocanteurs de choses saintes, Jésus vous a en vain chassés du temple à coups de fouet, votre maudite engeance prospère et pullule toujours.

Brusquement arrêté dans mon élan religieux, je m'éloignai avec un geste de mauvaise humeur.

Le cuistre ne comprit rien à mon impatience... Dans l'espoir d'une chance meilleure, toujours nasillant, la bougie à la main, il reprit son agaçante kyrielle:

— Voici une autre statue, encore du plus beau marbre blanc : elle représente monseigneur de Mazenod, évêque de Marseille...

—

Du coup je tournai les talons et m'enfuis en plein air.

Qu'ils sont maladroits, ces rats d'église!... A tout autre moment, l'histoire de monseigneur de Mazenod m'eût touché.

Marseille grouillante s'étalait devant moi

comme le triomphe du positivisme moderne.

Je me rappelai cette parole d'un penseur :

« Le prêtre devient de plus en plus impossible, et le ministre de plus en plus superflu. »

C'est la grande douleur du siècle, cette implacable lutte de la science et de la foi.

Comment réconcilier ces deux immortelles?

Qui sait si cette réconciliation est à désirer?... La lutte et la souffrance ne sont-elles pas la condition même du progrès dans l'humanité?

Peut-être ce douloureux débat, entre les deux éléments les plus élevés de notre nature individuelle, trouve-t-il sa synthèse dans la conscience plus compréhensive et plus haute de la nation ou de l'humanité?

N'importe, en dépit des savants d'un côté, des sacristains de l'autre, la sainte légende chrétienne sera l'éternel aliment moral de notre espèce ; dans l'infini des temps, Jésus vivra dans les cœurs altérés de justice.

La croix lumineuse, surmontant le menhir, comme le feu d'un phare sur sa colonne, rayonnera sur l'Occident régénéré par l'union des Celtes et la confédération des Gaules.

. . . .

—

Je gravis l'escalier pour monter à la chapelle ; elle priait avec ferveur, mais avec calme maintenant.

Bébé, qui s'ennuyait, la tira par la manche.

Elle m'aperçut et pensa que je l'avais longtemps attendue.

Elle se leva.

Notre-Dame venait d'accomplir un nouveau miracle, car ma compagne redescendait l'âme rasséréné.

Le chemin de fer et le télégraphe — même avec le café-chantant — ne suffisent pas aux besoins de notre complexe nature... complexe toujours, contradictoire souvent.

LA TOUR EIFFEL

ET

LE MENHIR DE KERVÉATOUS

LA TOUR EIFFEL

ET

LE MENHIR DE KERVÉATOUS

Aux antiquaires et aux archéologues de discuter la signification et l'antiquité des menhirs et des dolmens, c'est leur affaire et non la nôtre. A eux de décider si l'on doit les nommer *monuments mégalithiques* ou *monuments druidiques*. A tort ou à raison, le sentiment populaire leur attribue un rôle capital dans le druidisme et cela seul importe à notre but.

Pour nous, le fait dominateur est celui-ci : dans le pays de Galles, l'association actuelle des bardes se relie par une chaîne ininterrompue aux bardes antiques. Il existe donc une tradition sans lacune remontant au druidisme. Si le druidisme n'éleva pas les monuments mégalithiques, il les adopta.

Quelle fut cette religion antique? Nous ne sommes pas en mesure de le préciser; la tradition galloise nous permet seulement d'affirmer qu'elle avait pour base la doctrine de la transmigration des âmes.

Deux faits demeurent incontestables : l'homogénéité du corps des druides, l'absence de toute image dans le culte gaulois antérieurement à la conquête romaine. Or, pour servir plusieurs dieux, on ne conçoit guère un clergé unique. De là ce caractère tout spécial de la religion de nos pères, la croyance au Dieu un et incorporel, le dogme de la continuité de la vie dans des existences successives.

Pour nous, qui croyons à une révélation immanente, universelle et continue, nous attachons une importance secondaire aux questions archéologiques. Nous prenons pour point de départ la doctrine des bardes gallois. Ce n'est point là, dira-t-on, la religion des vieux druides. A coup sûr, la doctrine résumée dans les *Mystères des bardes* n'est pas celle de l'époque des sacrifices humains; c'est cependant bien le même fond religieux, épuré par l'influence chrétienne. Ce dépôt sacré, conservé mais amélioré par les bardes, n'est point non plus le dernier mot de l'élaboration religieuse; — l'évolution religieuse, comme toutes les autres, est éternelle.

Telles étaient les réflexions auxquelles je me livrais en arpentant la route de Saint-Renan à Kervéatous, dans mon pèlerinage au plus beau menhir actuellement debout sur le sol de la Gaule. Pour accomplir cet acte de dévotion, j'avais d'ailleurs choisi le solstice d'été en commémoration du culte de nos pères qui faisaient, à cette époque de l'année, l'offrande du feu au Dieu invisible.

Conformément à sa politique d'adapter, dans la mesure du possible, l'ancien culte au culte nouveau, l'Église a conservé cette cérémonie en la consacrant à saint Jean.

Le symbolisme est un besoin de notre nature; on peut le critiquer, en réprimer les abus; on ne le supprimera pas, parce qu'il est un des éléments mêmes de notre être. Il évolue. Le symbole change avec le temps, avec les nouveaux besoins spirituels de l'humanité; mais nous avons et nous aurons toujours des symboles. Ainsi le drapeau est le symbole de la patrie, et, grâce à Dieu, ce symbole est encore vénéré.

C'est une tendance innée chez l'homme de donner aux idées une forme concrète; elle a ses dangers, mais elle est une nécessité, par cette raison que nous ne sommes pas de purs esprits. La quintessence de l'art est de donner un corps à l'abstrait.

Le symbole naturel de l'union spirituelle des Celtes est le menhir — comme le sanglier (l'enseigne gauloise) est le symbole de leur union guerrière — sans rien préjuger, je le répète, sur l'affectation originaire de ces antiques monuments, menhirs et dolmens, ni sur l'époque de leur apparition sur le territoire de la Gaule. Le menhir, par droit de légende, est le représentant de l'antique religion des Celtes, cela suffit.

Avant d'arriver au menhir, je passai devant un bois de haute futaie, très ancien à en juger par ses vieux ifs. Sous les grands ifs, les chênes séculaires, les hauts sapins, pousse une herbe courte, fraîche et drue. Ce sont les descendants, sans doute, d'une antique forêt consacrée au Dieu qui remplit seul l'infinité et l'éternité du *ceugant*. Entraîné par un attrait irrésistible, je pénétrai sous la voûte solitaire du grand bois, et je compris toute la profondeur du sentiment religieux de nos pères par leurs consécrations, à l'Être suprême et souverain, de ces forêts mystérieuses dans lesquelles ils entraient chargés de chaînes, comme signe de leur dépendance et de leur humilité.

Combien est supérieur, ce redoutable Tout-Puissant intangible, aux Jupiter lascifs, aux Vénus impudiques des Grecs et des Romains.

Sous cette ombre, dans ce silence, j'éprouvai la terreur sacrée des Gaulois qui, là, plus particulièrement, se sentaient enveloppés par l'invisible omniprésent. Ému comme eux par le divin de la forêt, j'eus la révélation de la sévère beauté du symbolisme druidique ; je saisis dans toute sa plénitude la haute signification du culte de nos aïeux pour le gui de chêne, image si juste de l'âme humaine qui vit de sa communion avec l'Être des êtres, en conservant son individualité propre, comme le gui vit de la substance du chêne et puise, dans son magnifique support, la force, la vie et cette verdure continue, figure de l'immortalité.

En sortant du bois, je marchai entre deux haies d'ajoncs constellés de fleurs d'or ; l'ajonc doit, à sa propriété de fleurir l'hiver et l'été, l'honneur de représenter l'amour — peut-être bien aussi à ses piquants terribles. Je foulai, en marchant, un souple tapis violet de fleurs de digitales accumulées par les enfants du village aux approches d'un bûcher élevé gaiement par des hommes de tout âge et des femmes, s'apprêtant à tourner autour du feu de joie, de longues herbes à la main, suivant des rites tant de fois séculaires.

Et je répétai l'invocation au feu du barde Taliésin :

« Il s'avance impétueusement, au galop dévorant, le feu à la brillante flamme.

« Il monte d'un vol farouche.

« Ta fureur est celle de la mer ; quand tu t'élèves, les ombres s'enfuient. »

. . . .

. . . .

J'avais marché très vite sous la chaleur pesante, bien que le disque du soleil approchât de l'horizon; je m'allongeai donc voluptueusement sur l'herbe pour me reposer en fumant une cigarette devant le beau menhir.

Il se dresse vers le ciel en forme de glaive.

Ainsi que la plupart des monuments mégalithiques, le menhir de Kervéatous repose sur la croupe d'une colline. Il devait se voir de loin, quand la campagne n'était point encombrée par les nombreux obstacles d'une civilisation avancée. Du pied de la pierre vénérable, on embrasserait un vaste horizon, si la vue n'était point immédiatement bornée par des halliers. Ces halliers l'encadrent dans un champ de gazon et de genêts à peine sortis de terre ; rien n'en distrait les regards ; on est en tête à tête avec ce noble débris d'un culte mort.

Un lapereau s'ébattait, semblable aux lapins ses ancêtres du temps de l'inauguration de l'austère monument ; combien les hommes ont changé depuis lors !...

Une alouette montait en chantant dans le ciel et se perdait dans l'azur comme l'âme qui s'envole vers l'astre où elle doit revivre.

Aucun bruit — c'était le calme des champs à la chute du jour; dans un ciel sans nuages, le soleil disparaissait sous l'horizon en feu.

Plongé, par la fumée de la cigarette et le bien-être du repos, dans cet état intermédiaire entre la veille et le sommeil où l'on commande à ses rêves, où la faculté d'évocation se développe intense, je promenais ma pensée dans un milieu fantastique, composé des objets environnants et d'images photographiées dans mon cerveau, soudain éclairées par une lumière intérieure très vive.

Je jouissais à la fois du charme pénétrant de la campagne au crépuscule et du grouillement d'une foule bigarrée, élégante, émaillée de femmes toilettées; le tapis d'herbes, parsemé des clochetons de fleurs de digitales, se déroulait sous mes yeux en même temps que les dômes étincelants et les féeriques palais de la cité bleue ; la tour Eiffel et le menhir, de Kérvéatous se détachaient à la fois sur les feux du couchant.

La tour Eiffel et la citée bleue s'emparèrent peu à peu si bien de ma pensée que j'en vins à les voir aussi distinctement que si je me promenais de ma propre personne autour du bassin des fontaines. Avec les yeux de l'esprit, je revoyais le spectacle de l'Exposition avec une telle vérité, les impressions suggérées lors de ma visite se produisaient avec tant d'éclat, mes pensées revêtaient une forme si concrète, que je ne me rendais plus compte du lieu où j'étais, ni du décor que j'avais sous les yeux — et j'aurais été fort embarrassé de dire lequel je voyais le plus distinctement, la tour ou le menhir.

Et tandis que ces formes si différentes se présentaient simultanément dans une vision très nette, toutes les idées que ces formes soulèvent tourbillonnaient autour.

Dans la fumée de ma cigarette s'agitait un chaos de sensations renouvelées, dans mon esprit une mêlée de pensées galopait à travers l'espace et le temps, de l'âge de pierre à l'heure présente, de Paris au champ où j'étais étendu sur l'herbe.

Nous ne saurions assurément trop respecter la science et la raison, mais à la condition de ne point leur permettre d'étouffer l'imagination et le sentiment; ce serait une mutilation trop cruelle de l'être humain.

Aujourd'hui la science et la raison s'accordent dans un même mépris pour les visionnaires et demandent à les conduire à la Salpêtrière ou à Charenton. Mais de ce que les fous et les hystériques ont des hallucinations, est-il logique de conclure que les gens sains de corps et d'esprit ne peuvent avoir de visions ?

Qui n'a pas eu de visions ?... S'il est de telles gens — ce que je me refuse à croire — je les plains de tout mon cœur. Quant à moi, j'en ai sans cesse, sans me croire un être exceptionnel — bien au contraire. A mon sens, les personnes dépourvues de cette faculté constituent une minorité aussi infime que les aveugles dans la vie commune. Comme ces derniers, ce sont bien des infirmes, ces malheureux aveugles de l'œil intérieur. Ce phénomène de la vision ne semble rare que faute d'observation suffisante : il se manifeste avec évidence dans tout état de surexcitation mentale. Il est le produit à peu près inévitable de la tension d'esprit, de la réflexion prolongée, de l'attention soutenue.

La science et la raison, en enrichissant d'une part notre domaine, l'auraient bien appauvri de l'autre, si, en développant certaines de nos facultés, elles en atrophiaient de non moins précieuses. Grattez le rationaliste, vous retrouvez le fétichiste et le visionnaire.

Le fétichiste et le visionnaire, d'ailleurs, se donnent toujours la main.

Qu'est-ce que le fétichisme? — La tendance à prêter une âme aux objets... puis, par une pente naturelle, à les douer de propriétés mystérieuses.

Quel est l'homme pur de tout fétichisme? Je n'en ai point rencontré. Tous ne le sont pas, je l'avoue, au degré de Henri Rivière, le malheureux héros du Tonkin. Ce boulevardier railleur, ce lettré sceptique, n'aurait jamais vidé son verre, même devant qui que ce fût, sans une petite cérémonie bizarre à laquelle il attachait une importance capitale. Il attribuait un fétiche spécial à la plupart de ses actes. Rivière ne se serait pas approché d'une table de jeu (Dieu sait s'il les approchait souvent) sans un morceau de corde de pendu (objet bien facile à se procurer au Tonkin).

Sans doute ces fétichistes exagérés sont rares, j'en ai cependant rencontré parmi de soi-disant matérialistes. Mais celui-là (l'infortuné!), chez qui on ne trouvera aucune trace de fétichisme, n'a jamais aimé une femme — comme amante, épouse ou mère.

Quand la passion s'empare d'un homme, il retourne au fétichisme, élément primordial de notre être. C'est un sentiment fétichique qui nous pousse à baiser une relique autrefois touchée par des mains vénérées.

Le fétichiste sent en lui la vie, la conscience et la liberté, et, les sentant en lui, il les met partout ; il les voit dans le fleuve qui roule ses eaux rapides, dans l'arbre qui pousse, dans la montagne dont la grandeur l'écrase, dans le crocodile qu'il redoute.

La conception du fétichiste, qui voit la liberté partout, est-elle plus absurde que celle du savant qui ne voit la liberté nulle part?

Nous ne sommes pas des abstractions ; nous sommes, grâce à Dieu, des êtres voulant, sentant, aimant... nous sommes des êtres doués d'imagination, de désirs infinis, et, pour nous, le monde de la science est une prison trop étroite.

Et si la science a la prétention de nous faire nous mouvoir automatiquement dans un monde mécanique, ses prétentions seront vaines; elle n'arrivera jamais à émasculer assez notre nature pour nous empêcher de vivre dans un monde d'imagination, d'intelligence et de liberté.

En somme, lequel est le plus réel, le plus certain de ces deux règnes : le règne de la mécanique ou le règne de la liberté? — Le règne de la liberté assurément.

La vérité se trouve dans cette formule : l'Univers se compose de trois mondes superposés, le monde de la mécanique, le monde de la vie, le monde de la liberté.

Est-ce le même monde envisagé sous trois points de vue divers? — Mystère. Peut-être pour des intelligences supérieures, pour l'intelligence divine, ces trois mondes se fondent-ils en un seul?... Nous n'en savons rien et n'en pouvons rien savoir. *Pour nous, hommes*, pour nos facultés de percevoir et de connaître, ces trois mondes sont distincts, quoique coexistants.

L'éminent physicien Hirn émet la même pensée sous une autre forme :

L'Univers, dit-il en substance, se compose de l'éther, des forces et des âmes.

En fait, la science la plus avancée, après un long détour, revient, pour ainsi dire, au fétichisme, quand, avec Hæckel, elle donne une âme à la simple cellule. D'après la théorie moderne, le végétal a une âme qui dispose à son gré de la petite quantité de travail positif des forces qui s'exercent entre ses éléments constitutifs. Quand le darwinisme ajoute : « Tous les vivants sont cousins, » il reproduit encore une donnée fétichique, la conscience qu'a l'homme primitif de sa parenté avec tous les êtres.

Nous sommes fétichistes, symbolistes, visionnaires, comme nous sommes des êtres buvant et mangeant, sentant, aimant et voulant. C'est ainsi que, par un enchaînement logique, après avoir vu simultanément la tour et le menhir, j'en vins à leur prêter une âme, puis à les entendre converser.

Certainement si, au lieu d'avoir reçu l'éducation scientifique et positiviste d'un marin, j'avais été élevé dans un milieu mystique, comme le moyen âge, j'aurais cru avoir été le témoin d'une scène du monde extérieur, tandis que j'avais simplement assisté en moi-même à un spectacle tout subjectif.

De là ce dialogue, réel en somme, car ce qui se passe en nous est aussi réel que ce qui se passe hors de nous; à vrai dire, même, il n'y a pas d'autre réel.

LE MENHIR DE KERVÉATOUS

Vraiment, madame Eiffel, votre orgueil devient intolérable ; à vous en croire, il n'y a que vous au monde.

LA TOUR EIFFEL

De tous les points du globe, on accourt

pour me contempler. Le pauvre vend ses guenilles pour accomplir le pèlerinage. — Le Roi des rois abandonne ses jardins enchantés — le Turc impassible quitte son harem — l'Indien fuit ses bayadères et ses temples — le Chinois laisse ses pagodes dorées et les tombeaux de ses ancêtres — grands et petits accourent des quatre vents de l'univers pour déposer à mes pieds leurs hommages. Qui se dérange pour vous, monsieur de Kervéatous?... Vous n'attirez pas même les regards des lapins de garenne.

LE MENHIR

Raillez ma solitude et mon abandon; mais sachez, madame, que si vous faites l'admiration d'un monde très varié de badauds de toutes provenances et de toutes couleurs, dans mon jeune temps, j'ai rassemblé, pleins d'un religieux respect pour ma personne, les plus indomptables guerriers qui aient porté le glaive.

LA TOUR

Calmez-vous, vénérable vieillard, la jalousie vous aveugle, quand vous ne voyez dans les foules réunies par ma renommée qu'un troupeau de badauds et de cocottes. J'ai soulevé l'enthousiasme des savants, et, sans vous offenser, vous me permettrez de classer au-dessus de vos barbares obtus, si braves qu'ils fussent, mon intelligente clientèle d'ingénieurs.

LE MENHIR

Ah ! oui, parlez-moi de vos ingénieurs; ils me font rire... A eux tous, ils n'ont pas été capables de dire comment on m'a mis en place. Votre père, M. Eiffel lui-même, serait bien embarrassé si on le chargeait de me porter ici et de me dresser avec les moyens de mon temps. On ne connaissait pas alors tout ce bric-à-brac, sans lequel les nouvelles générations ne savent plus rien faire. Il n'y a plus d'hommes aujourd'hui, la terre se peuple de machines, les hommes passent à l'état de manches d'outils.

LA TOUR

Je suis fille de l'intelligence ; de là ma grandeur. Je domine tous les monuments de la cité reine comme le chêne domine l'herbe. Les Pyramides me vont à peine à la ceinture, les tours de Notre-Dame au genou, et toi, vieux barbon, tu n'atteins pas ma cheville... Tu es un monument de nains, à la taille des petits Korrigans qui dansent autour de toi au clair de lune. Il me faudrait me baisser pour te bien voir, pauvre petit... Qu'es-tu dans l'espace ?

LE MENHIR

Et vous dans le temps ?... Vous êtes née d'hier, madame la parvenue ; de là votre vanité. Je suis, moi, de vieille roche. J'assistai à la naissance de la libre Gaule, j'ai connu Hu Gadarn, le père de la noble race, l'Abraham de la foi celte. J'ai vu crouler bien des empires, j'ai assisté à bien des métamorphoses de l'humanité. Depuis longtemps toute votre ferraille se sera effondrée dans la rouille et je m'élancerai toujours vers le ciel dans mon inaltérable sérénité... et cela durera tant que la terre, brisée ou dissoute, n'aura pas dispersé ses débris dans les champs de l'éther.

LA TOUR

Admire l'agencement de mes innombrables organes... Pour me concevoir, pour dresser le plan de mon être, il a fallu des volumes de calculs et des montagnes de dessins. Je suis la triomphante personnification de la puissance des mathématiques, ce produit pur de la pensée humaine.

LE MENHIR

Et vous, madame, admirez ma simplicité. Je ne suis pas, comme vous, le résultat complexe des derniers progrès de la science et de l'industrie; je ne suis pas composé comme vous d'une infinité de pièces calculées et ajustées avec une précision idéale. Je suis un, et cette unité est le gage de ma durée. Je suis le symbole de l'immortalité humaine ou plutôt de la négation de la mort; car les Celtes considéraient ce phénomène, que vous nommez la mort, comme un accident sans importance de l'immortelle vie. Aussi mouraient-ils avec le sentiment d'un homme qui rejette une guenille pour revêtir un manteau éblouissant. Voilà pourquoi le monde antique appelait la Gaule « la nation qui ne craint pas la mort ». Votre élévation vous donne le vertige, vous en perdez la tête, monument d'orgueil.

LA TOUR

Et toi, de superstition.

LE MENHIR

Amas de matériaux sans principe et sans idéal.

LA TOUR

Sans idéal !... Je représente le génie humain et la libre pensée.

LE MENHIR

Vous représentez la libre pensée qui divise les hommes et moi la foi qui les unit.

LA TOUR

La foi!... la foi!... c'est la bêtise humaine ou, si tu préfères, le narcotique de l'esprit. Les peuples se momifient dans la foi, et là où l'esprit n'est pas constamment tenu en éveil par les luttes de la libre pensée, il tombe en léthargie. Je suis la science, c'est-à-dire l'esprit se mouvant dans le concret. L'imagination, qui ne se trempe pas à tous moments dans le concret, perd pied et s'abîme dans l'océan de l'absurde. En fermant les yeux devant le monde extérieur, en se privant de la vue du milieu, l'esprit se dérègle. Quand on perd la sensation, comme dans le sommeil, il n'est plus de limites à la folie du rêve.

L'homme n'a pas été créé pour rêver, mais pour agir; la fin de la contemplation c'est l'idiotie.

L'homme fort n'écoute que sa raison, dont le vrai domaine est la science, et la science récompense ses efforts par la domination de la matière. De tous les jougs imposés à l'homme, le plus lourd est celui de l'inexorable nature. La nature, sourde à nos prières, ne connaît pas la pitié ; il faut la vaincre.

LE MENHIR

Il est beau sans doute de parler à la nature en souverain ; mais il est plus beau encore d'être son propre maître... On n'est maître de soi qu'à la condition de surmonter la souffrance et de dédaigner la mort. Moi, par l'exaltation de l'âme, j'avais opéré ce miracle.

LA TOUR

Prête l'oreille, vieillard, aux enivrantes harmonies qui s'élèvent de la cité bleue, de cette Exposition dont je suis l'expression la plus haute.

LE MENHIR

Oui, mais ces harmonies lascives forment une abjecte race de décadents, de femmes sans pudeur et d'hommes sans courage. Autour de moi les bardes chantaient la bravoure, et, quand les harpes se taisaient, les guerriers frappaient leurs boucliers d'airain, demandant à grands cris la mort dans les combats.

LA TOUR

Ne suis-je point la reine de ce monde de l'industrie et de l'art qui rendent la vie heureuse.

LE MENHIR

La vie heureuse!... Ah! pour cela, je vous en défie. C'est votre grande prétention d'avoir atténué les maux dont souffre l'espèce humaine. Eh bien! c'est une erreur; vous avez énervé les hommes... S'ils ont moins à souffrir, ils savent moins souffrir et restent aussi misérables.

La souffrance a sa mission, car, disent les bardes, « le triomphe de l'homme est la fermeté dans la douleur ».

Dans le cercle d'Abred, le mal est la condition de la liberté, comme la douleur est la condition de la dignité humaine. « Il « y a trois victoires : la science, l'amour, « la force morale. Ces trois victoires com- « mencent dans la condition d'humanité « et se continuent éternellement. »

Les hommes peuvent transformer leurs souffrances, ils ne sauraient s'en affranchir.

Dans sa lutte contre le mal, l'homme est soutenu par sa foi dans le progrès indéfini de ses vies successives. Certes, je ne conférais point sur la terre un bonheur impossible, mais j'enseignais le parfait dédain de la mort. Dans la doctrine druidique, la première de toutes les vertus est le courage. Les Celtes ne connaissaient la crainte qu'en présence de l'invisible Dieu des forêts de chênes. Permettez-moi de préférer, aux efféminés de ce temps, mes sauvages guerriers qui mettaient leur orgueil à braver la souffrance, toujours prêts à franchir avec allégresse le fossé qui sépare de l'autre vie.

LA TOUR

J'ai élevé le drapeau d'un grand peuple, au-dessus de la terre, plus haut qu'aucun autre drapeau, afin que, de toutes parts, les opprimés tournent leurs regards vers ce signe de délivrance.

LE MENHIR

J'ai élevé les âmes jusqu'au ciel, en les faisant vivre en espérance dans les champs infinis de la voie lactée.

LA TOUR

Ma devise est fraternité des hommes, solidarité des nations.

LE MENHIR

La mienne est fraternité des mondes, solidarité des vivants et des morts. Notre système solaire est un de ces archipels, en nombre infini, baignés par l'océan de l'éther. Les âmes voyagent dans ces mondes, suivant leurs mérites, apprenant dans chaque existence, pour s'élever, par la connaissance des choses, à la connaissance de Dieu.

LA TOUR

Fille de la Révolution, je continue l'œuvre de ma mère; par la science j'affranchis l'humanité de l'ignorance et de la superstition; par la soumission de la nature, je l'affranchis de la misère. Je suis l'emblème de la liberté !

LE MENHIR

La liberté, chère madame, ne réside pas dans les lois, les constitutions et toutes les modernes niaiseries dont les gens de votre temps sont si fiers. La liberté ne s'imprime pas sur des chiffons de papier, mais dans les âmes ; elle n'est pas un droit, comme vous le prétendez, elle est la récompense des vaillants. Mon peuple, inaccessible à la crainte, affranchi des terreurs de la mort, fut, par excellence, le peuple libre.

LA TOUR

J'ai eu tort de te parler avec dédain et de de manquer au respect dû à la vieillesse ; mais conviens aussi que je représente une grande pensée : l'association de toutes les races humaines, unies dans une commune entreprise, l'exploitation féconde de la planète pour le plus grand bien de tous. Je suis la paix, toi, la guerre.

LE MENHIR

Croyez-vous avoir fermé l'ère des combats ?

LA TOUR

Hélas non !... J'ai tenté du moins le possible pour en prévenir le retour. J'ai rassemblé autour de moi tous les peuples de la terre, et, dans ce rassemblement, tous ces peuples, en élevant leurs regards vers ces trois couleurs que j'ai portées si haut, ont senti qu'ils étaient frères... Malheureusement bien des peuples encore sont entre les mains des représentants du passé !

LE MENHIR

Eh bien ! dans ce combat suprême pour le salut de l'humanité, les fils de Hu brandiront une dernière fois le glaive, heureux, comme leurs pères, de mourir dans la sanglante mêlée en poussant le vieux cri de guerre : « Bataille !... où le glaive sauvage est roi ! »

29 août 1889.

PAUL BRANDA.

www.ingramcontent.com/pod-product-compliance
Ingram Content Group UK Ltd.
Pitfield, Milton Keynes, MK11 3LW, UK
UKHW020417230726
13925UKWH00004B/1486